ÉMILE GUIARD

LIVINGSTONE

POÉSIE

COURONNÉE PAR L'ACADÉMIE FRANÇAISE

PRIX : UN FRANC

PARIS

PAUL OLLENDORFF, ÉDITEUR

28 BIS, RUE DE RICHELIEU

1875

LIVINGSTONE

ÉMILE GUIARD

LIVINGSTONE

POÉSIE

COURONNÉE PAR L'ACADÉMIE FRANÇAISE

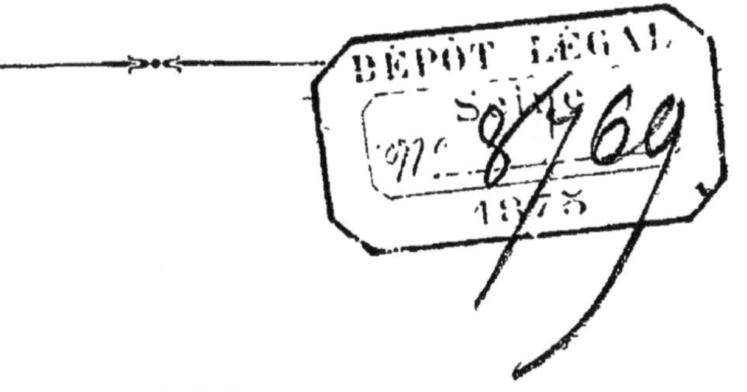

PARIS

PAUL OLLENDORFF, ÉDITEUR

28 BIS, RUE DE RICHELIEU

1875

LIVINGSTONE

O Patrie en péril qui tends vers nous les bras,
Fureur de la mêlée, ivresse des combats,
Clairons qui nous sonnez l'appel de la victoire,
Étendards frissonnants au souffle de la gloire,
Quel cœur, pétri de fange ou des neiges du Nord,
Ne gonfleriez-vous pas du mépris de la mort?

Toi, Livingstone, toi, tu pars seul, en silence;
Tu vas, soldat du Christ, soldat de la science,

Combattre le désert, arracher leurs secrets

Aux horizons sans fin de ses sables muets ;

Et, vers un but plus haut tournant tes découvertes,

Planter l'arbre de vie en des âmes désertes.

O courage, ô vertu des cœurs vraiment virils !

Tes ennemis à toi, tes hasards, tes périls,

C'est l'implacable ardeur de ces climats torrides

Qui d'un cœur moins vaillant eût arrêté l'essor ;

Ce sont les éléments aveugles et stupides,

C'est l'homme, plus stupide et plus aveugle encor.

Mais, quand on va servir une cause divine,

Qu'on lutte sans relâche et qu'on tombe blessé,

Qu'importe ? on sent son cœur battre dans sa poitrine,

Et l'on n'a pas perdu le sang qu'on a versé.

Le vrai bonheur s'achète au prix de la souffrance,

Et la vie est pour toi comme un vase profond

Où les destins ont mis les pleurs et l'espérance :

Les pleurs à la surface et l'espérance au fond.

Plein de ton Dieu, tu vas jusqu'aux confins du monde,

Tu vas ensemencer une terre inféconde.

Que t'importe la mort qui se dresse à tes yeux?

Tu vas dans sa racine arracher l'esclavage,

Et braver la fureur d'une race sauvage,

Pour lui joindre les mains en lui montrant les cieux.

— Mais pourraient-ils sentir la foi qui te pénètre,

Ceux qui n'ont pas tenté de se donner un maître,

De subir une loi, de chercher un appui,

Et, puisque le vrai Dieu ne s'est pas fait connaître,

De s'en créer un autre et d'espérer en lui?

Ils dorment lourdement dans une nuit profonde,

Sans demander au Ciel un remède au malheur,

Fous qui, pour oublier les douleurs de ce monde,

N'ont pas eu le besoin d'en rêver un meilleur!

Ah! le limon grossier dont leur race est pétrie!

Ah! peuples sans amour, sans honneur, sans travail!

Le sol natal pour eux n'est pas une patrie,

Et pour eux les enfants ne sont que du bétail ;

Car ils sentent en soi tressaillir si peu d'âme,

Plus brutaux que la brute en leurs bas appétits,

Qu'assiégeant les comptoirs des marchands d'eau-de-flamme

Contre une heure d'ivresse ils troquent leurs petits !

Et malheur à celui qui pour eux s'intéresse,

Qui porte la lumière à leurs cœurs ténébreux !

Ils s'attachent si fort à leur propre détresse,

Que, pour les secourir, il faut lutter contre eux.

C'est par de longs efforts qu'on dompte les misères

De ce peuple, ennemi du bonheur qu'on lui fait ;

Qui dans ses bienfaiteurs croit voir des adversaires,

Et veut trouver le mal derrière le bienfait !

Ta force, en ce combat, trahit ton cœur d'apôtre ;

La foi te reste encore, et tu faiblis pourtant.

Mais, quand à cette tâche eût succombé tout autre,

As-tu donc à rougir de faiblir un instant ?

Va donc te retremper dans ta chère Angleterre,

Pour en sortir plus fort et le cœur plus fervent :

Antée eût triomphé s'il eût touché la Terre,

Un baiser de la mère aurait sauvé l'enfant.

Combien, à ton retour, cette mère fidèle

Va, pour te retenir, te présenter d'appâts !

A d'autres maintenant de s'en aller loin d'elle

Retrouver au désert la trace de tes pas !

Reste. Pourquoi briser le lien qui t'enchaîne ?

Tu peux laisser dormir ton courage lassé,

Et, comme un voyageur à l'ombre d'un grand chêne,

Abriter ta vieillesse à l'ombre du passé.

Le laboureur, courbé sur sa lente charrue,

Au delà de son champ ne porte pas sa vue,

Pense qu'il lui suffit de voir son blé mûrir,

Et que c'est vivre assez que de ne pas mourir.

Nul bonheur en dehors n'excite son envie ;

Il sème dans son champ tout l'espoir de sa vie,

Et croit, à son enclos bornant son horizon,

Que le monde finit où finit sa maison.

Mais toi, plus près de Dieu par ta foi plus profonde,

Tu te sens prisonnier dans les bornes du monde.

Les rêves de ton cœur entraînent ta raison;

Où manque le chemin, tu te fais un passage,

Et, comme l'hirondelle aux barreaux de sa cage,

Tu vas heurter ton aile aux murs de ta prison.

Tu vois se succéder des horizons sans nombre :

Ton but est devant toi marchant comme ton ombre.

D'infini, d'éternel, ta grande âme a besoin;

La terre te paraît trop étroite et trop basse,

Et tu prends pour devise, en dévorant l'espace :

Chrétien, toujours plus haut! Savant, toujours plus loin!

Qui donc veut séparer la foi de la science?

A la création dérober ses secrets,

N'est-ce pas arracher à Dieu sa confidence?

N'est-ce pas le connaître et le voir de plus près?

Il t'a déjà permis de parcourir des terres

Où jamais pieds humains ne s'étaient hasardés;

Il t'a déjà laissé pénétrer des mystères

Qui semblaient par la mort contre l'homme gardés.

Rien ne peut te lasser pourtant, rien ne t'arrête!

Tu veux forcer encor, dans sa sombre retraite,

Le Nil, qui, sous les feux d'un implacable été,

Au sein même d'un Dieu semble puiser sa source,

Et, dans les flots épais que déroule sa course,

Va charriant la séve et la fécondité. —

— Mais ton heure est venue, hélas! Comme Moïse,

Tu ne toucheras pas à la Terre promise;

Un mal vient te frapper qui ne doit pas guérir.

Ton œuvre est achevée, et ton Dieu te réclame;

Déploie en liberté les ailes de ton âme :

Ta prison t'étouffait, la mort va te l'ouvrir!

Tu meurs plein de courage encore et plein de vie;

Tu meurs pour la science et tu meurs pour ta foi.

Combien ils auraient lieu de te porter envie

Ceux qui vivent si peu que la mort les oublie,

Et qui, te survivant, ont vécu moins que toi!

Ta gloire est immortelle et va remplir la terre ;

Pour elle ne crains pas les caprices du sort :

Ta naissance appartient à la seule Angleterre,

Mais c'est au monde entier qu'appartiendra ta mort.

PARIS. — J. CLAYE, IMPRIMEUR, 7, RUE SAINT-BENOIT. [1694]

J. Claye, imprimeur
r. St Benoit 7 à Paris